我的乡村和我

张文广 著

山西出版传媒集团 山西人民出版社

图书在版编目（CIP）数据

我的乡村和我/张文广著. — 太原 ： 山西人民出版社，
2023.9

ISBN 978-7-203-12979-0

Ⅰ.①我… Ⅱ.①张… Ⅲ.①诗集－中国－当代

Ⅳ.①I227

中国国家版本图书馆CIP数据核字(2023)第138772号

我的乡村和我

著　　者：张文广
责任编辑：吕绘元
复　　审：刘小玲
终　　审：李　颖

出 版 者：山西出版传媒集团·山西人民出版社
地　　址：太原市建设南路 21 号
邮　　编：030012
发行营销：0351—4922220　4955996　4956039　4922127（传真）
天猫官网：https://sxrmcbs.tmall.com　电话：0351—4922159
E—mail：sxskcb@163.com　发行部
　　　　　sxskcb@126.com　总编室
网　　址：www.sxskcb.com

经 销 者：山西出版传媒集团·山西人民出版社
承 印 厂：山西省教育学院印刷厂

开　　本：890mm×1240mm　　1/32
印　　张：7.75
字　　数：250 千字
版　　次：2023 年 9 月　第 1 版
印　　次：2023 年 9 月　第 1 次印刷
书　　号：ISBN 978-7-203-12979-0
定　　价：48.00 元

如有印装质量问题请与本社联系调换

以诗的名义（序一）

　　山西诗人张文广近几年创作的不少与扶贫和乡村振兴相关的诗，近期结集成《我的乡村和我》一书，即将付梓。我和张文广是老朋友、诗友，我们于2016年端午节共同开创了"北京诗派"。他请我为他的诗集写一篇序，我非常高兴，义不容辞。

　　从2016年12月开始，张文广的杨家塔系列诗歌就引起了我的持续关注。这些撷取自被灵山秀水重重包围的小小乡村的诗，有着浓厚的黄河、黄土气息，因其来源于当地生活，因此显得与众不同，并迅速加入了"天亮了"的"北京诗派"大合唱。

　　2017年4月24日，首届中国乡村诗歌狂欢节在北京房山区石花洞隆重举行，张文广专程从山西赶到北京，和我及青年诗人邓键第一次相见，我把我和著名诗人伊沙共同主编的《后现代之光——最近40年中国新诗流派运动代表人物诗选》一书赠送给他，一是表达我们之间的友谊，二是表达"北京诗派"所倡导、所秉持的开放和包容精神，三是对张文广的《后土娘娘走向后现代》一诗表示认可和赞赏。"只有龙耳能听见后土娘娘心跳"的诗句，既有传统味道，也有后现代色彩。在农耕文化极其悠久的中华民族史上，我认为，"后土娘娘的后现代不会离柴米油盐很远"这句诗非常精辟，它告诉我们，诗和远方与现代或后现代，其实就在眼前，就在当下。后来，我知道张文广是山西省吕梁市兴县瓦塘镇杨家塔村的第一书记，对他的"诗与思"也就理解得更为全面和深入了。后来，我们成了非常好的朋友，我周围的许多诗人也和他成了好朋友。

张文广既有着诗人的奔放，也有着第一书记的务实。2017年10月29日，他把兴县高家村镇寨滩村村委主任高贵军推荐给我，也把高贵军的事迹通过我当时负责主编的《村委主任》杂志传播出去。张文广和高贵军邀请我去兴县看看气势磅礴的黄河——中国的母亲河，看看李白"黄河之水天上来"的黄河之水，等等。是的，诗歌是文化和旅游天然的盟友，张文广正是拥有这样情怀的非常优秀、非常独特的诗人和第一书记。在《正月初四回村》这首诗中，他写道："唯有绿色多起来，才符合人们心中的社区。我，如同机械的汽车，发动机的声音远没有马鸣触摸天空。"

2018年1月29日，天寒地冻也阻挡不了我兴县之行的激情。我更像是在完成一种使命，"黄河大合唱"的歌曲始终在我心中起伏，而熟悉黄河和黄土高原也把我带入了张文广诗歌的广阔意境。我走了走、看了看蔡家崖村、寨滩上村、桑湾村,张文广的诗歌《黄河水来到寨滩上》和《在桑湾》等,给我留下了非常深刻的印象。

在此,我以诗的名义,与"北京诗派"代表诗人张文广站在一起。此刻我们的身边是黄河,是一泻千里的母亲河。

谯达摩
2023 年 8 月 21 日于北京

谯达摩,著名诗人,"第三条道路写作"和"北京诗派"代表诗人,任教于中央美术学院城市设计学院,讲授外国文学史。

不老的诗心（序二）

　　我的案头，放着一部张文广书记的自选诗集《我的乡村和我》手稿。长我两岁的文广兄让我为其写个序，作为曾经的扶贫战友——现在又是乡村振兴的战友，面对他清澈执着的目光，我不可推脱，就应承下来。

　　在我年轻的时候——20世纪80年代，赶潮流，我也曾狂热地爱过诗歌，曾经报名参加《诗刊》办的培训班，指导老师是高洪波先生。结业时寄去一组自己认为很满意的诗，写的是什么现在已经忘记了，可是高先生的评语却记得相当清楚："少年不识愁滋味，为赋新词强说愁。"看来诗人是做不成了，诗人梦就此打住。文广兄和我是同一个时代的人，想必他也是在那个时代潮流中爱上诗歌的。没想到，40年后，他依然诗心不改，诗情盎然，微信诗人是他结合时代变迁主动的选择。他的微信头像，就是在壶口瀑布前张开双臂大声歌唱的画面，想必此时他的诗情和黄河的浪花一样奔涌激昂。

　　在我们蔡家崖论坛微信群、山西驻村第一书记群，隔几天，就会读到文广兄的诗，大家都把他称作诗人书记。此刻，摆在我面前的《我的乡村和我》诗稿，就是他自选的近200首呕心力血之作。我这样理解：结百为集，似乎有呼应建党100周年之意，作为一位扶贫战线（现在的乡村振兴战线）的共产党员，以自己的独特方式，庆祝党的百岁生日，也算是诗心的体现吧！

诗言志，诗抒怀，这是诗歌的基本功能。作为诗人的文广兄，以前是否写过花前月下、樽前盏间等诗作尚不可知，但是最近几年的诗作，可以说全部是与"三农"有关的内容，可见他对农村、农民、农业关爱之深，对扶贫工作思考之深，对自身责任认识之深。黄土、窑洞、山药蛋把我们的思绪带到了吕梁山的沟沟坎坎，仿佛我们自己成了他笔下的一片绿叶一般，憧憬着春天的约定，但是空窑和野草的对话"让我的心蒸腾成了天上的水"，"扶贫的愿望，费力爬到山顶，垂直落到地面"，想必是许多刚到贫困农村的第一书记、驻村干部都会有的感受。怎么办？"从黄土地里吸钙"，"我们的心选择靠近"，"窑里传出咳嗽的一声，我的心像鸟骨被震"，"我要参与泥土的造型"，终于，"我们在扶贫中有了感情"，"我们靠近的心，会从海面造出雷声"，扶贫干部和贫困群众，凝聚起了脱贫致富的力量。

文广书记的200首诗，向我们展示了一幅幅或苍凉，或热烈，或浓郁，或艳丽的生动画面，吕梁山的山山水水、汉子婆姨,君子一样的头羊,挂在枝头红红的枣子,85 岁爱吃羊杂碎有光伏收益的姓吕的老人,"年年用谷子的语言替太阳在坡上写诗",通过这些鲜活的诗句、生动的意象或人物,让我们更加热爱生养我们的黄土地、黄河水了,更能体会到这片土地上农民们的辛劳和希冀,也更理解了黑牛诗人这一颗滚烫的大爱之心。

一首首、一句句、一字字,都是文广兄或在地头,或在炕头,或在回家的车上,鲜活地流淌出来的精神创造。他的诗,没有抱怨,没有颓废,有的是希望像"坡上的草体格健壮",是"秋天颗粒归仓的喜悦","我情愿做太阳能电池板,把你沟边的路无费用照亮",这不就是一个共产党员赤诚的心声,共产党人不变的初心吗?

历史性地摆脱了贫困,我们欢欣鼓舞、意气风发地走向新的征程:乡村振兴,我们继续奋进在乡村,在太行,在吕梁。愿文广兄的不老诗心永远激昂澎湃,激励我们继续谱写黄土地上乡村振兴新的华彩篇章!

孟永华

2021 年 7 月 7 日于太原

目　录

2

我是第一书记

我坐在他家的窑里

我希望在他的眼里

我是那个像人模样的人在山梁上照相

我想　他是我工作 33 年梦里

最想给他做点有益事情的那个

有太多的话　我只对空水杯说

我更热血的时段　山梁上的草

不知喂肥多少只羊

变现的钱　也让孩子有了

空酒瓶装满醋的希望

我最担心

自己像搓衣板上的衣服

被搭在院子里的铁丝上

生活像双手

被重复地记不住日月

和山梁一样

风吹才有秋爽的表情

山梁作为分水岭

看看城市看看乡村

他很知足

感恩式的真诚

不需要从城里买回口罩

他的满足不等于我做得够用

他最想打我的小报告

告诉难以见着的领导

和老八路时代的常客做个比较

我和他

在互不知情的家长里短中靠近

我不是他理想的办法太多的人

只是在他窑里

在他熟悉的山梁

在他说的故事中

我希望

把我难以出声的嘘声

填上他与命运抗争的实情

走在杨家塔

冬天的枣枝刺向天空

它和石垒的窑洞组成大山里的图景

没有冷风的上午

阳光的慈爱透过窗玻璃连接屋顶

南瓜和被子都在炕上

秋雨的痕迹像孩子的尿圈距我很近

需要连接到时间深处的事情太多

我越想靠近

越觉得自己的仁心是浅土里的草根

没有扎得太深

太阳之根连着烟斗埋在煤层

年轻人的屋子空空

树枝上喜鹊都不愿意安家

蓝天白云在人们的头顶

不再是美的欣赏

结冰的河床唱的歌更加深沉

3

因为雪下得太薄了吧

这衣裳破烂得让枯草露出了真容

扁担一样忘记了叫苦连天的杨家塔

伸出体温不变的手就像羊

从来没有疑心坡草的肥嫩

哦　不需要任何造型的日子

年复一年　相信着

冬来了　春就不可能遥远

假如把我的脚步串成一条长线

长征路上　在岗漪河和黄河的交汇口

我用尽吃奶的力气

也不可能踩出脚印

在背柴汉子的脸上

我看到了山风苍白无力

他的表情巍峨得像大山

大胆得像毛驴的脊背数星星

以前能放得下老八路的枪杆子

今天能放得下老板们的钱袋子

土豆莜面小米粥

亲切得像记忆里的闪闪红星

杨家塔怎么能够相信命苦

既然这方水土

养育过现在成了才的孩童

在这方水土不足以养这方人的当今
长高了的儿子
怎么能够忘记了如山的恩重
眼泪滴在杨家塔真不会顶事

杨家塔需要绿色
需要信息
需要工业

到山庄自然村走了走

沿着黄土坡的土路

我像从沟底升腾到山梁的水分子

我能低头听见自己的心跳

我知道

每一个海拔都有长出幸福的理由

我看见

山羊能找到自己开心的坐标

我不能

选择做寄生在羊身上的饥饿虫子

知道的

我也做不了山庄人擦一擦

就会发亮的家传铜器

站在山梁

口袋里的手机

并没接收四面八方发来的信息

当需要精准到

山庄人脸上的皱纹变化时

商机在一点点移向无服务的盲区

到山庄这个家园了

在村里头

我在一孔腰椎间盘突出的窑洞

站了很久

是它

说出了我山梁一样

变化起伏的心事

残阳里

村子要老到承载故事的报纸里

黄土高原岚漪河的冬至

黄土高原岚漪河的冬至

雪让岚漪河枣枝在最短的白昼

拉长坐冬时间最长的梦

铝霾像海盗的手伸向大山深处

雪像不顶事的口罩

在枯枣叶上待着

梦境中的黄土高原岚漪河

除却

凄荒光秃

又加上了铝霾这金属的灰影

雪花的歌声哑巴了

来年结枣的心

有了枣肉厚厚的冻层

我与黄河的距离

我与黄河的距离

是核桃树和枣树的距离

根是姑舅亲

跨越黄河的时候

黄河用结冰的理由吞没了我的心

不管用什么姿势留影

我也不像个伟人

只像黄河水中的沙粒诗人

当黄河带着天空远去时

我想化作纷飞的雪花

不再前行

制造无记录的缘分

回眸 2016

2016 年是一座山

我知道的

山外有山

山上的天空很蓝

山体埋藏了很多矿产

没有走远

开采起来已感觉到困难

2017 年也是一座山

我夹在山中间

我是河流

我是森林

我是草原

我是一望无际的农田哦

我是大地和海洋的动物世界

我是高铁

我是风电

我是卫星上天

2016年的情感和生活

可以寻找黄金

开采煤炭

离开地球引力

不欠任何人

不做任何解释

等　待

日子从盘中餐滑向远方
有了佛光的诗意生活
照亮白日里和月色下
每一次等待
都像守株待兔般荒唐
庄稼汉的双手为粮食
就是粮食开光
牧鞭的挥动再次告诉羊群
你们中间有君子
把祖传捏泥人的手艺改进
就会把没有父母的一尊佛
从泥土中造就出来

正月初四回村

杨家塔就在前面

汽车走过

扬起的尘土长上翅膀

制造倒胃风景

视线差

快速转动的齿轮

不想让我看透杨家塔贫困的内因

尘土落地也是寻根

它和爬行到黄河的泥沙平行

如果

干涸不想生长庄稼的土地

狠心让杨家塔走向解体

唯有绿色多起来

才符合人们心中的社区

我　如同机械的汽车

发动机的声音远没有马鸣触摸天空

刨土的人，醒醒

白天　刨土的人不会做梦Θ
晚上　劳累的身体很快入梦Θ
托梦神告诉他Θ
可以躲到某处和深山老林Θ
再白天　为了活下去人又在刨土ΘΘ

当命运把太多的路堵死Θ
只留下一条活路

铁皮石斛咏叹调

站在悬崖

不与百草百兽争地盘

而与石缝中的松柏成为兄弟姐妹

铁皮包装

而没有油漆多种颜色

而没有广告

追求竹子的挺拔

而在画家笔下

不是常客

这披袍的仙人

不会如屈子一样跳江吧

随缘因果和因果随缘都不做解答

走向白龙山白龙庙

我背着古剑

而不是笔记本电脑

走向吕梁市兴县岚县

交界的白龙山白龙庙

太阳知道

我　放下村里第一书记的沉重

轻松一路

迎客松

看惯了水土流失于黄河

看惯了年轻人流失于城市

神仙在不在庙里

一个表情

夏日的中午

神仙午休很正常

神仙随人们流入城市布道也正常

只是我看着神仙的住家锁着发呆

16

我口袋里的钱多钱少

神仙脸色一样

我见到了道长

白龙山白龙庙依托山脉

香火需要人脉

在杨家塔，她牵着骡子

她牵着骡子走在路上

黄土坡上种下向善向爱的种子

种子因缺雨而发芽困难

回家的脚步没有起点而从容

骡子知道

头顶三尺之内神明雀跃

陪主人接受大山和蓝天白云检阅

没必要让风水先生选日子

骡子用了再来的力气

是否就是她生活高尚的通行证

她的眼神和骡子的呼吸

是否也在显示对我这个

第一书记的热情

紫黑色的脸

透视出来自阳光的密码

而种子的信仰和活着的谱系

是否在追问我的舌根
根扎的肉身是不是净土本身
我比不上她和骡子的诚实厚重
我像石缝中钻出来的一股泉水
顺势流入岚漪河
顺势汇入黄河

隐在黄河石头上的武家庄园

泌水河隐在黄土之中

官帽山隐在人心之中

柏卯坡的松柏隐在岩石之中

龙泉沟里的真龙

隐在水的三态变化之中

被称为七七庙的则天寺

隐在民居之中

找武则天家族的庄园原貌去

把隐在净土宗深处的道绰大师约出来

从今世的角度

问问和武则天父亲的关系

和李世民包括他的父亲

以及儿孙对话

和日本人的佛心交流天地

大陆与大海

和战马一起回忆人血

那片武则天见过的雪花

从乾陵出发

把生死　男女

羊群里的君子和皇权下的平庸

都发在微信群里

把观光的武家庄园

修复在黄河石头上

四川广元的皇泽寺说

两片不同树种的叶子

竞争没有意义

洛阳牡丹一直记着南徐村

电视剧中

刘晓庆的心和武则天交融

在兴县交娄中天然溶洞看景

当我的呼吸

走入石头开花的梦想成真里

发现

我的身体是那茫茫无边的石头

我是它的囚徒

我沿着人类发明的手电光

连接太阳的光明

我是那溶洞的底

黑暗而可能没有空气

金钱和权力不可触摸

时间　没有唤醒我的花

进行　光合作用

我的血

像流入蔚汾河以及黄河里的水

与莲花盛开无关

与石头开花无关

我这麻雀

从楼群走过的时候
图谋着看懂水泥脸的笑容
风景树的绿给水泥贴金
觉得自己的腰杆儿也像钢筋
阳光普照一切
当然也剩不下我
经常穿越楼群
我和数不清的透明玻璃擦肩
但我扫不到一个二维码
那些停泊的汽车拒绝我的歌声
我没有购买位置的单位证明
我是局外人
我的家变成了诗歌和远方

在蔡家崖

我走得很轻

轻得像月光

节奏像行军

急得像不远处

闪着日本人的刺刀

黄河两岸的山像裸身的母亲

蔚汾河的水响

越来越是枯枣枝断裂的独白

沿山坡而下的西北风

钻在牛角里一样吹着单一的调

不认为落地的树叶无用

它们追随绿草

展开纺线织布大生产

翻新隋唐雨露

对接秦汉羊绒

用直立的骨头书写带血的字

总让人流出含铁的泪
我要转身离开
熟悉的黄土

一再说同色于我的皮肤
窑洞张开口而无语

留不下我的无奈说给天听
我记得来蔡家崖的路上
都是相同肤色的人
图谋像走不完的大山挡路
他们都有一张以笑藏心的面孔
基因组一样深不可追
他们都生活在蔡家崖的方圆
几里几十里几百里几千里

我到黄河

我这黄土泥捏的心脏

以死之心奔向黄河

不管日晒雨淋

我站在黄河

觉得不能泥牛入海般死

我要变成三枣

不图谋长生不老

一颗归天

天

不要这高这难测

一颗遗地

地

不要这大这博这变幻

一颗随黄河哮

黄河

不要这枯这变老

空窑,主人和我

窑洞空了多年

垒窑的石头说不出语言

它不能告诉我主人刮野鬼

数不清的年

我带着电脑石头一样沉默

有时　电脑想打开石头

有时　石头想打开电脑

其实　它们都想和漂泊的主人连线

我的魂不会失落到窑里太久

主人的魂只在户口本上

太久了

我不敢进窑

和主人

不敢把串房檐的屋当家一样

我连同电脑想变成窑上的石头

窑不会把我和电脑当垃圾扔掉

城里也只把主人当成边缘废物

我和主人接不上线
我们都怕点疼自己点疼祖先
第一书记站在窑前

中秋夜，月光和蛙鸣

这个中秋夜

看不出月光抛洒太多的爱

月光除了爱在人间

苦水和心凉

永远不会告诉星星

谁都不会在只有输出的爱中

度过一生

谁也不可能撕破黑夜

只为做件背心

湿地里的蛙鸣升腾

开怀的叫声突不破大气层

和光月相拥的空间站

不可能建成

都是失重状态

不要让人观察出泪眼泉涌

山村初冬夜

在西北风中腰杆直直的枣树

放弃了所有的放飞梦想

想到的破梦帮凶动物

一个都不宽厚

加上人

从中秋到初冬没有一点雨雪

枣树上的叶口拒绝些许爱情

扎在薄土下面石缝里的根

不会让枣树改姓更名

日升月沉无所谓了

电灯的光亮促使山村回归净土

那些死守魂灵冬眠的蛇们

不知道自己早已死亡

只有

只有我的呼吸与枣树形成直角

兴县蔡家崖

诗歌在兴县

无法把蔡家崖

崖前崖后的羊染成红色

但可以把牧羊人造血的细胞

变成红色

我这枯草不需要墓碑

绿色全部退出

我这枯草

放弃了和松柏争高的本愿

没有他们的根

以及血统

一场大雪飘来

我被纯净而冰凉的爱

覆盖得严严实实

放弃来年返青的梦吧

我要进入土地

甚至成为岩石中的尸体

不要给任何动物们看

包括人类

我这枯草不需要墓碑

归　途

我选择站在山顶

观察生活和日子

一片雪花落在我的分水岭

太阳天天问我融化后的流向

向西走

不是走西口

也不可能走到西汉

向东走

不是东渡日本

也不可能走入清东陵

我只想

把岭东的寺庙

和岭西的道观带上

走向故乡后土娘娘的温度

黄河水来到寨滩上

黄河水来到寨滩上

问阎锡山修的河防工程

你防羊群里的君子

成长为牧羊人

劳而无功

我是现在

你是过去

谁走向后现代

河防工程的枪声　空响了80年

多年后说

你蒸发到我周边的枣树里

含铁是后现代

你在中条山与华山的接口

撑起红船是后现代

你告别陆地不问天根

奔向大海是后现代

在桑湾

隆冬　在桑湾

裸体的枣树上

一对血染的大枣

不穿保暖内衣

封杀黄河流动的结冰

山西陕西都能看见

天上来的天意

不可阻挡

一样裸露的山岇山崖山塔

窜出火焰

黄河南下

我在听白红平①讲

白崇山含铁的故事

　　① 白红平：白崇山故居继承人，白崇山侄儿。白崇山，
红军老干部。

我在赶路

为了在你熟睡前

赶上你没有关上的梦门

我行走了一整天

我像不会喊累的残阳

把眼前的河水烧得接近体温

而后像战马

大口饮下

比夜更悠长的水声

我眼中的溪水

注入你提醒歇脚的茶杯

我固执着

不同意你说的穿越

我继续赶路

一步比一步靠近你的孤峰

回答距离

行走在河床

我和下跪洪水的卵石零距离

行走在山梁

我和弯腰山风的草木零距离

望蓝天

我和欢歌的春鸟视线距离

夜宿山村

我和同炕的贫困老人微信距离

隔屏

一张纸　很遥远

隔屏

一座山　很亲近

春光·种子

春光

问我的名字与这片黄土地的关系

你们

太多的你们乘车远去

熟悉和陌生互换位置

左边

地里的豆子

作为智者的种子

刚长出根须

右边

也是豆子

作为愚者的种子

没学会亲吻土地

清明与谷雨之间

桃花梨花写的诗都带着乡愁

我想把自己的骨肉剔拔干净

只让心灵融进种子

而生根发芽

大山告诉我

支着绿叶生长的

都是站直的腰杆

哦　我不需要问

左手放下种子的海拔

右手放下种子的水分

我甜或苦活着的样子

和多情的鸟儿毫无关系

你约我痛饮三杯

三杯酒下肚

第一杯

绿叶助长着春天

第二杯

飞鸟唱远着春天

第三杯

雨水拔高着春天

我知道　酒的春天

只是让乡愁换装

心中荒凉的山河

不会长出翅膀

你没有和我同醉

我俩的春天

在两轮月下

走向大山深处

走向大山深处

光之剑在头顶三尺内悬着

这神通

没有把枣根拔出地面

让枣根的胡须

和空气中的水分争霸

这神通

没有把枣叶削平

让树冠的头颅

和奔跑的动物比较盆景

而开光的山村告诉我

我与枣树平行

而山民们懂得枣树的禅踪

我这个不速之客

需要遁入树中修炼光合作用

夜宿杨家塔

我不再数心跳

进入梦乡

心跳也要乘上高铁

走到天涯市海角站

你还会在手机屏的远方

我要在杨柳春风里安静

躺在枣叶里遥望星空

黄河水的涛声

像老妈呼唤你的名字

你还有 30 个小时的车程

外加计步器惊讶的步行

上一顿的酒　在肚中泡着花生

下一顿的酒　在窑里已看出醉意蒙眬

春天的耕种　原本是汗水写的诗情

日子过得这样残美

你不知天气和市场怎样捉弄

和石磨的小故事

我和石磨有缘

在大山深处

我推着石磨转圈

推杆的那边

68岁的大妈不是表演

我们合作了十几分钟

这　人在做天在看

天看见脚印叠在一起

笑脸也真诚

而笑根有所不同

突然觉得

我是石磨

没有大妈的推力

我没有破碎玉米喂牛的本事

我想到了电动磨

而人心间也有太多的绝缘

劳碌的手掌

镰刀和锤子

谋划着

让土地长出手掌来

为中国世纪大采风聚积雷声

地底下石头里的灵气

除了水分还有磁力

都是人类精英采摘的

是翅膀决定飞行

其实

每一片云都是长脚巨人

镰刀和锤子

驱赶着

白天走向黑夜

劳禄的手掌不会成熟

只会圆满成功

在杨家塔的山梁上

山风刮得很紧

没有停下来的意思

像是要告诉我

人微言轻

图谋留下山风喝酒的想法

幼稚和可笑　草随风而动

我没有拔草的心思

我知道草长在山梁就是风景

我想听到所有进出杨家塔的脚步声

如果浮云的影子要求我躺下

我愿意脊梁和山梁无缝

如果鸟儿的唱腔和手机的铃声不让我安静

我愿意缺少水分的泥土

收留我的一根骨头

包括骨头里长出来的草

吕梁西北角的后北会村

该是老刘家耕读传家的根

在后北会没有扎深

耕种的土地退耕还林了

读书的学校整合到县城了

家的温暖

被铁锁子挡在千里之外了

这让风捏痛了的村庄

告诉黄河

试图寻找净土的想法

肯定有不缺铁钙的内容

黄河边上

枣树结出的人

像比老刘家更古老山岭

传承不息

还想说说空窑

冷风来空窑串门

次数多得像挖宝人

铁锁子的威

只显示给君子

冷风穿越门和窗

问久年不散的体温

我坐什么位置

乡愁坐什么位置

隔壁的留守老人

没有回答问话

只是告诉冷风

你横

城市里的水泥柱

你们的冰凉结网

儿子的空窑

像高粱秆一样柔着

会说话的山梁山峁山塔

石垒的窑洞不怕风吹

从沟底爬坡的故事

有些潜伏在半山腰的草木里

会说话的山梁山峁山塔

让秋风脱掉汗水浸润的彩衣

让不熟悉的身影穿越

那些枣

像乔家大院挂起的大红灯笼

一滴含铁的微雨居住里面

而这些

被凄绝的残阳打包

走向我荒凉苍茫的内心

扶贫窑里谈

窑里　柴草燃烧的火焰

直立成腰杆

那些不会煮熟的灵魂

又坐在暖炕上

说着南方茶味

和北方酒味的话语

撞击着窑主和我的心

他们和我讨论着

窑主喂羊的问题

不是同一座山的阳坡和阴坡

放羊的脚可以来回丈量

而长满或者长瘪的谷子

有矿或者无矿

变成或者变不成现钱

被关公的大刀拖向远方

当岳麓书院的书声

抚摸乔家大院的银根

黄河水的涛声

让枣树挂起大红灯笼

哪能让

距蔡家崖很近的贫穷安宁

窑里　电灯早已代替了油灯

被金钱煮熟的人肉

像多一片少一片无所谓的雪花

落在窑顶

添加不上窑里讨论的微信

他们是窑主的常客

我　我只是能进了门的客

枯　草

让站立成爷爷的枯草
遇见做梦都想见的人
冬天熟睡的蛇不再牵手
让站立成孙子的枯草
遇上佛光送来的人
野鹰的歌唱破了宁静
让雪花和祖孙亲近
传承的根需要水分
让壮实成长成为可能

你·雪花·鸟与树

雪花生命之轻的重量

挣脱天空拴马的绳子

像你安排的

存活在鸟的体温

暖和过的树枝上

你和树根的深度交谈

让泥土看到饱满的希望

这一切

都被太阳的阴掩埋

而时间　又让你

借助鸟嘴的力道

劈开树

赶上一个爱的庆典

冷吧，再冷点

第一次见你

天已很冷

和你一样

我仰望偏向南半球的太阳

一次次陶醉

忘记了酒驾还是犯罪

星座标在天上

自己却造不出运载火箭

我掰开

夏天才出现闪电的冬云

放进热乎乎的诗

对抗这需要棉手套的冷

知道你在孕育春暖

哦　冷吧　再冷点

把我俩的名字当柴

做饭生火

我和我在秋天的悲伤

我和我在秋天的悲伤

产生在玉米粒和玉米叶分开的时候

玉米粒像钱势　被太多的人赞美

找出优点

找到阴影之上的阳光

而我像玉米叶　悲伤在羊嘴里

风在我的善良中

找出一二三个毛病

我知道　玉米粒和玉米叶

有了两人深的落差

人间呵　我在秋天里的悲伤

不反抗羊蹄的力量

踩进越来越冻的土里

不是种子　只想作为碳

被来年的绿

水化在另一株玉米里

在 河 曲

在河曲

在晋陕蒙交界

弯弯曲曲的黄河告诉我

你是曲外的人

天上来的水

推动泥沙或者鱼虾

才是曲内的生存

上苍又让河曲开春

我选择进入柳芽

表达年轮

我长大了一点点的脊梁

封存了与黄河对视的眼睛

停留时间很短的人骨

能够留下些许带体温的仁心

诗题一闪光

认识你肯定有缘

了解你的水深

比不上难忘你的土厚

前阴后阳之间阻障

障道因缘而来吗

如果是考验信心

能认识酒杯中的宋朝

如果是观察坚守

能从龟板上走出洞穴

哦　那就穿越花果山

找到诗心的碰撞

你把闪光作为题目

好吗

深夜，我邀你饮酒

深夜　我邀你饮酒
我的梦
穿越心光照耀的时空
像鸟儿嘴里的种子
飞一路无一路
只好用空杯子叩门
破碎的声音
不会成为你的微信视频

我的村里

耕田的拖拉机代替了人畜力

采购油盐的汽车取代了自行车

男人们不在地里挥汗如雨

书中有自己认识的英语单词

我的村里

墓里的仙人

看见非洲来的辣木籽

纺车和织布机成了古货

织毛衣也是过时手艺

女人们盯着手机聊天

讲的故事刚发生在巴巴多斯

我的村里

男耕女织的田园

在移民塞尔维亚老人的话里

一颗山药蛋

从乡村起步

游移到城市的山药蛋

写不成小说

愿望是找些存在的感觉

而他力在捣鼓

吻和眼泪里

多了些无解的数学

春天

山药蛋发芽

告诉桃花杏花

不上贵妇的饭桌

甘做贫困老人的口粮

再说一颗山药蛋

在山药蛋里找骨头

认为山药蛋是无骨人犯了错误

夜在手工织布

认为山药蛋是棉花

是想指鹿为马吗

互联网挥了手臂

把山药蛋放在棉袍里

旗袍和身体都未成形

难做选择

山药蛋发芽不等于

骨头开花

了此一生需要随缘

旗袍想价值连城

山药蛋支持不

骨头的表述让残雪无语

困　烦

我看见崖头的石头

更不敢追问

天涯是否有尽头

山外的确有山

山外一定有无限风光

而崖头流出的水

肯定是一条河的源头

肯定有热血人当成母亲河

如果这也算城市

或者城市化找不着北的路口

我情愿出现一个她问路

我不想贪有什么化缘的结果

更不想牵她的手跋山涉水

她不说站牌和车乘

从她的笑容发现

阿弥陀佛有上千选项

又见故乡黄河

打工多年回故乡

又见黄河

长久被城市钢筋水泥囚禁的身体

染上钱的慢性毒药

而一睁眼就离不开钱的心

又升腾了对苍茫大地的渴望

生命本该长上翅膀

随歇脚的树枝鸣唱

或者像鱼水中游玩

不能户口本拴马一样

固定在桩上

我像妈妈久不喂奶的孩子

上看这黄河水

有云山雾绕的纯净源头

下看这黄河水

有水天一色的混合远方

康家堡行走的中庸

康家堡用不着穿西装迎游人

满山的草木没有高尚卑鄙的分明

大部村民离乡背井是为了生存

我作为旅人不带任何使命

那些残壁告诉我

顺从自然的本愿

才是唐槐记忆的年轮

刘少奇回延安住过的房间

安静得像长高长粗的酸枣树

只是故事出于村民的口中

山泉汇聚的瀑布

用为生命服务的声音

告诉工业文明的弃婴

炸过石头而没了植被的山体

绿色产业的破坏者生钱更快

康家堡无力中庸

养牛场简叙

春节元宵节的击鼓⊖

传花在惊蛰过后有所显现⊖

鼓上的牛皮配合大学校园的琴声⊖

弹得像解冻的春水激奋⊖

失去了耕田功能的牛⊖

被随酒糟进肚的音乐蒙哄⊖

回归牧童遥指的杏花村⊖

已经是休闲旅行⊖

而缺少了生活浪漫⊖

当养牛场主的意志⊖

只有肥膘没有畜力⊖

牛们哪能知道⊖

制造拖拉机钢铁的冷漠

余　额

无从下笔

情感的余额转换不成文字

阳光的提琴线

鸟儿费力拉

也产生不了音乐

雷声滚到天边

大山或者大海收藏如此乐章吗

雨没下又是另外一个余额不足吗

也许放弃信仰睡去

记忆起来的梦是梦的余额

也说追随

心土的七八尺深埋着父母

一个在左　一个在右

天上来的一滴血

要伴他们走向远方

生命呵

是如此宽广和恒长

这　必须补充能量

越过一日三餐　越过

庄稼一样有根而站立的人

他是我理解的

黄土般厚德的过程

也是　我在人情冷暖中

在稀薄的大气吸到的氧

还有　夏季北漂的热情

还有　南渡充电的锂电池

每一滴血都是苦难

而必须吞下的咸海
我要赶在天黑找到山根
让厚夜托起童梦
脚下的路延伸
埋骨的那个坐标不是终点
量子纠缠告诉我缘随果因

也说关联

土豆花穿上旗袍

为百鸟走秀

土豆块像收藏的星

因内敛而深刻

夜记录

土豆花和城市灯光的聊天

而土豆块的近邻是乡村

城市也许是高不可攀的亲戚

城市的灯光

可以使土豆花卑微

而城市的金融大厦

无法收购土豆块的高贵

如今的土豆兄妹

如痴如醉

其实　城市钢筋水泥的根须

关系都在土豆这里

耕　牛

命运告诉耕牛

你下岗了

事情让拖拉机去做

耕牛觉得

城乡一体化的理念很好

想到城市发展

上不了高速

乘不上高铁

心里的苦水说不出口

牛气一天天没了

牛脾气一天天大了

命运把耕牛分解

装进了塑料袋

耕牛乐意

耕耘餐桌的一小块

我在谷地里等你

这些谷子

我说是代表万物

在中秋抬头望天高云淡

谷叶谷秆谷穗从不同角度

代表黄土高原

加黄河和天地对话

秋风醉汉一样猛闯

智慧狼的尾巴不再夹起

步枪隐在土里

不等于失去血性

我在谷地里等你

喝小米粥的天使

月　光

月光
扶起思路的天使
对于举头的人
天空有太多的选择
大山深处的村庄
有着大巴走多远多钱的价码
明白这一切的水流向黄河
唱着陕北移植过来的蓝花花

摇摆·献给农民工们

你收获了秋天的果实

把它作为投名状

有了点财富的资格

而把不太熟悉了的叶子

留给亲朋的眼

当他们的见惯

在不稳定状态

夹着贫弱

被冷风卷向无奈

你的收获

在拥有和失望之间摇摆

在城市创业和回乡扶贫中

摇摆

农历十月

一颗山药蛋

被爱的牙齿撕碎

无所谓丑或漂亮

如此团结一心来到粉条

除了姓氏的根脉

还有感恩阳光回报土地

村里的大娘装了一整编织袋

不管你的城市健康食品观点

不说他的乡村重要口粮看法

农历十月的山药蛋荣光无限

我觉得山药蛋像小情人

她在微信的那边暗处

可以用价钱算计

可以用仁慈衡量

开山钥匙

这些黄皮肤的山

有多少双眼睛

就有多少把开山钥匙

它进步演化的路径

从木材到石材

从石材到泥巴材

从泥巴材到铜材

从铜材到铁材

从铁材到合金材

从合金材到二维码

不　这些都像风

它是生命包着的爱

有了它

挡在贫穷面前恶魔的手

有了正常人的体温

为那些渴望小康的人打开山门

十月的村中

不要在我的土豆上　找你
没把门的嘴说出的很值钱
不要在看门狗的叫声中
等陌生人旅游窑洞
不要在黄土厚着的眼里
寻找生活的苦难
苦难生活里躲藏的仁心
十月把更秋高气爽的天
推向黑暗和零度
指望雷声敲打窑顶
等于做梦
七个天使站在七座山岭
没步入村中
因为没有上贡

落叶，难得糊涂

被酒杯碰出来的笑

让夜收藏而无须付钱

佛声从天外飘来

相信云邀请过做客

当虚情不得不变为真诚

落叶肚子里的疼

在酒杯壁上打滑

顾不上考虑是否骨折

一个进城的打工仔　和月色

比谁把乡愁忘得更快

每一片树根不会抱紧的落叶

都说

酒好

难得糊涂哲学

他是不会流失的泥土

窑里的他吃土豆谈女人

谈女人　夜色和空酒瓶合二为一

大眼睛的女人早嫁给了城

谈女人　窑里进来仙女或鬼影

他无话得像乖巧的狗

他无话　招来挖坟的本村人

他熟悉的无牛肉朋友的土豆

来自汇入黄河的雨水

不曾看过一眼的山上斜坡

他是不会水土流失的泥土

打工仔梦醒

我的梦境联通回村
父亲答应了一声
城里的夜明亮了一瞬
躲在微信背后的乡音
捉弄我的良心
想活得好些　拖我背井
除了赚钱的窘迫
城里的笑脸是否很精致
我咬紧了牙关
没有宣誓向酒效忠

山上的冬天

山上的冬天
太多树的叶子落光
松柏感到孤单
从树根倒流上来的眼泪
被阳光安慰
如果不是拥有雪
松柏会被冬的真相击垮
这些
是将军虎告诉我的

冬天悲语

叶子落尽

柳树威仪站着

也不是很风光

皮包骨头的躯干

不可能下跪

藏在枝丫中的心

被飞雪刺痛

让风无休止摇晃

冬天的霸道横扫

酒杯中的微热

眼里就要射出的苦回落

让心底瞬间缩短了与树根的距离

哦　狼还在无食中度过

我这麻雀般小角色

再收紧些心窝

喊不出苦就能拒绝口惠式安慰

80

言说与沉默

想说话就招来夜

想沉默就守着家

两个有爱的人都这样做

缘分成了一场雪

雪让言说与沉默靠近

伸出手臂而难以拥抱

手掌与手掌

微信距离的温度

把雪花融化

生命力的根吸收水分

言说像女孩

沉默像男孩

他们好到无猜

把阴霾带入墓地不妥

阴霾的日子

给了我阴沉的生活

而我要在阴霾中

找到温暖和彩虹

哪怕闪现一瞬

我也要在死亡之前

告诉自己就要停止跳动的心

把阴霾带入墓地不妥

失了位置

从星星的闪烁出发

太多的魂灵

赴向寻找光明的夜空

直到自己的名字

在自己的笔下失了位置

放　下

雨和雪是天空的放下
树和草是大地的放下
动物们是绿色的放下
人类是奔跑的放下
而我是感觉的放下

示 语

羊用须和草发生关系
大山让它们走风漏气
不可能像偷情的男女
把神不知鬼不觉藏在屋里
而草根问土地听到什么话时
戏台上的唱词传到羊的耳际
牧羊人啊　你可要保重身体

山药蛋学值钱

与城市

保持微信距离的坡地

躲在土壤里

生长的山药蛋

学着值钱

那是有着贫困户

标签的人喊山

春天的草籽

春天的草籽⊖

没选择鸟嘴和石缝之权⊖

没滴落沙漠的边缘⊖

和冻土的核心本事⊖

对水念阿弥陀佛⊖

土则成为亲人⊖

当草籽安分成不再称为粮食⊖

大地绿成一片⊖

草食动物不说感恩⊖

肉食动物更没恩情⊖

而因果的自然而然⊖

没有直线⊖

立体的空与不空在籽化⊖

阳光化籽展示多彩春天

草心和草将

草的绿芽告诉世人[⊖]
春天来啦[⊖]
草心包裹在土地里[⊖]
人心包裹在骨肉里[⊖]
有着一比^{⊖⊖}

从芯片想到草心[⊖]
想到草头将军指挥打仗[⊖]
想到草头将军动员制造芯片[⊖]
草心的芯片春天荒原一片

发现了自己的简陋

我对着黄土山上的窑洞

说晋中平川的瓦房话

吕梁山把我们的春天连在一起

我扶贫的力度

比阳光扶绿叶弱小得多

春天没有使者

我吃出的山药蛋味道

和他们相同

山药蛋没学会

见什么肚子献什么营养

我寻找不到随缘之中的因果

稀里糊涂

在微信的另一个屏

发现了自己的简陋

对野草开放

山沟山崖山峁山塔山梁的空窑
锂电池放电绝缘体了的家
用打工走到城市的热情
表达对我远道而来的欢迎
他对野草 360 度开放的态度
让我的心蒸腾成了天上的水
窑的砖石告诉我
门上的锁
那是用含铁的泪
叙述用双手托举的文明
我五次三番地凝视
空窑和野草才一言一语说出
如果不能从黄土地里吸钙
诗和远方的乡愁容易软骨

生命力爬山坡的顽强

已经有三年半的时光了

我从吕梁山东的文水

到吕梁山西的兴县扶贫

走在苍茫的黄土高原　有时候

能从缺水的土地长出的草木上

感觉到生命力爬山坡的顽强

有时候　听到黄河的流水声

就觉得摸到了母亲的心跳

换面孔见新朋旧友　不觉得

星期一和星期六有断层

有差别的口音

走远或者走近

都像保持距离的微信

种田　放羊　打工　当老板

花名表上的名字

一个不差地告诉我

最是钱和咱百姓没仇没恨

钱一触手温

说"你是人民"的话暖心

退耕还林的树

也用变换季节的语气

沟通我的诗

森林成王成霸就灭了贫困

我相信了雨露阳光

它们作为财神比我管用

我和这里的缘分

分水岭很难分开山根

君子从羊群中走出来

山塬山峁的那些草木

寒冷封口过的故事

在吐露给大地的节点

春天来了

热情不需酒来助兴

我们的心选择靠近

我们靠近的心

会从海面造出雷声

草芽长出丰富钙骨改变天空

一声安慰　此刻　代表了

疫情没退远的春天

疫情没退远的春天

黄土地里长出的瘦叶

有着入食入药的味道

当草木卷入羊的肚中

我们理想的君子

从羊群中走来

扶贫的愿望

扶贫的愿望

费力爬到山顶

垂直落到地面

就像牛顿的苹果

我能选择的箭

从锰铁想到木头

如果火烧能摸到本源

我愿借来井冈山的火种

哦　蔡家崖很近

当多嘴的麻雀

因市场化的生存

不愿说出贫困的真相

黑了的天空

认为把真相埋得更深是顺势而为

并与干涸的河床

倾诉风听到的故事

我站在降雨量较少

挣扎而绿的空山

谋划方案

喷粉的脸面

又一年和联系对象们滚汗

数点着扎根和无霜期

日子过得早就戏化了

黄土地上的招兵
谷秆直立得像枪
谷穗头低得像为人服务

天上来的黄河
在山谷间辨认出路
山药蛋不以客人的身份
和窑洞组成农家的生活

二十四个节气
一进一退对待山坡
牛羊在显示生命希望

杨家忠义变成寨子被传说
日子过得早就戏化了

野菜的心七上八下

野菜的心七上八下

爬上开往城里的车

山肩上的草和汽油驱动的齿轮为伴

再被海派音乐包装

像东施穿上西施的服装

而留在窑里的姐妹

因碗筷的粗糙

被说成生活质量不高

野菜习惯看

吸一口就倒灰的水旱烟

冒出的青烟

无庙可入就做自由的神仙

我扮演野菜精准脱贫的角色

像他的根

从缺水的黄土地收集营养

他们生活的尊严

我知道　荒山秃岭下面
无数生灵数过的岩层土层
扶贫对象　可以
信手加上一层
让我懂得他们生活的尊严
翻心情翻文件翻书页
不如看看他们翻起的脸色
我要思考从野兽到做人
我相信川剧变脸难以回答

用吃奶的力气拍击土地

不要在他们的钱袋数你的钱

不要以人民的名义和人民币对话

不要认为金黄色的小米就是黄金

一年四季更有盼头了

肩上背上更重的血脉

七窍一窍顺畅了

日子沿着河流远走

八面财路随风随水了

双手用吃奶的力气拍击土地

叩响窑门

他们顺着祖辈叩响的窑门

走向城市返回村庄走向未来

他们从垒窑的石头中

看见佛心充盈的内心

山泉连着海洋

梁梁岢岢船儿般荡起双桨

让墓里埋藏的血脉

从草尖上对接阳光

目不识丁不等于不能文创

向日葵的确改变了方向

钱里深藏的难以交换

钱里深藏的难以交换

警示日升月落起伏的人们

活着　窑洞外面

风从山顶水从沟底沉浮

根生肉心的乡里乡亲

乐意焊接沾光的日子

笑容裁缝的衣裳

穿在人活一口气的身上

和绿色对话　比和

动物包括人顺畅

当阳光连续发来财路信息

逼迫双脚一深一浅走出

权力镀金的天人合一

添加人们活下去的道理

添加骨头含铁的内容

每当我与
院子里野出的枣树并肩
双眼紧盯
体温不暖石头的空窑
希望就从
做梦的暖炕升腾

我相信自己的脚下生根
很多情感也会暗自结枣
让屈子的投江
添加骨头含铁的内容
而枣花伸出初恋的唇
蜜蜂不说甜言的内容
只是不能
让风收藏为计划外的旅行

成为农村包围城市的先锋

爱上了这大山这黄土地

当代表动物们说话的鸟

追求问爱能分解到的心

情钱权三个点的那个上

表达出的不是太受欢迎

而自己像稀薄的空气

因含些氧　不想随风走去

只能在不起眼的草尖上

生出些许恨意

爱恨交加　在蜂采蜜的瞬间

结在枣里

哦　葵花土豆里也行

这不能再大再值钱的果实

从风吹雨淋中成熟

比我的先知先觉

成为农村包围城市的先锋

104

种子承接的愿望

锄头触草的时候

农人的粗暴

隐在打铁炉的旺火中

而草问合作伙伴

光——为什么呢

当粮食召唤人心

与人亲近的动物蹄子

踩着文明

在寺庙思考他力的智者

多想放下一个故事

手机的铃声总是逆风

指给明天来村的城市人

看——种子承接的厚重

羊群中站山顶的君子

镰刀和锄头

斧头和斧头修理过的拖拉机

把草以及草民

装在落日的眼睛里和心中

让他们同床

而我不想分辨是否异梦

草以及草民能长出和长成精英

就像鞭子之下

羊群中站山顶的君子

随煤的巷道

蜜蜂拒绝枣花高硫高氮

心上神造的三个点

不知安放什么地方

明知道莲也含沙不少

也希望随它摇晃摇晃

而蜂王是躲不开的磁场

多想像火柴先擦亮后烧光

随煤的巷道

找岩石中的埋藏

埋藏的生命之脉

坡上的草体格健壮

常回家看看的提醒

向日葵一样东升西降的重复

奔波的劳苦生出诺贝尔鲁迅文学奖

写不完的故事

一如宏伟的梦想

被睡觉画上了句号

苦日子像月亮阴晴圆缺

而希望像坡上的草体格健壮

我像我命中注定的种子

无权选择从海角到天涯的土壤

多想　我的扶贫努力

是你秋天颗粒归仓的喜悦

如果　老君爷信手播种的煤炭

让无数发财的人不能自拔

我情愿做太阳能电池板

把你沟边的路无费用照亮

大度山如天书的一页

大度山如天书的一页

散落在兴县临县之间

与岩心同脉的生命

没有贫富贵贱之分

拒绝黄土的深埋

突破大地的皮肤

对接阳光

金子般的果实

结在山桃山杏树上

我告别大黑母猪的肚子

试图用类似于猪无能的脚步

丈量大度山的大肚能容

在贫困帽子能被风吹掉的地方

动员起来的智慧

充满光合作用健全的树叶脉

我对空山喊　财富财富

我对空山喊　财富财富

每一个山坡都有自己的存款

我到处游说

用厚德的双手承接金钱雨

空山可以存款太多的动物

我用树一样有根的信念

对接太阳低下头来的阳光

石头因不懂利息没走进市场

我用笑语为同伴加油

扶贫像燃柴烧饭的火焰

如果我能摸上小康的胡须

空山不空的因果

是秋果而不是春梦

从办公桌到农家窑

从办公桌到农家窑

到处都是丛生杂草

一路走，能感觉到

草脱根的转身和微笑

眼见为实的野花盛开的脸

握在手里

不可以献给最可爱的人

我穿越了

比秦岭隧道更困难的人心

才能坐上体温暖过的土炕

在随风摆动的草叶那里

羊的口　正在吃进

吃君子长君子的妖言

而来自人民币上的农人

不会站在这里

和你称兄道弟

如果六月雪能造出圣洁世界

我心甘情愿

和一切的一切

被无姓无名的草根收藏

化作 90 度直立的水

和杂草结网

喝酒生出的心情

如果扶贫对象的一滴汗

和扶贫干部的一滴酒

在餐桌的平台对接

牙齿把这些都能撕碎

肚子的确有包容海的量

土地也的确有长出希望的能力

当这一切　财神爷关公

看在眼里而无语

制造童话的太阳

从来不会点破

人民币和谐力的摩擦力

有多少千克

期待吃他家的红心枣

想着常回家看看

像云厚的钱在别人卡里

在银行　穿越城市的水泥墙

比翻老家的大山难上加难

我的钱路平行于

老板剩余价值的商业秘密

晃动的黄河滩枣叶

从故乡飘来

和汽车排出来的尾气

交叉出红楼梦梦不见的冷漠

追逼我摸了又摸口袋里的钱

而后　把伸手摸街上树果的动作

停留在半空　很让城管失望

而家乡的邻居

期待吃他家的红心枣

选择另一把斧头

拿一把斧头打开贫困的灵石口

无言的钱财在晋阳川流动

晋商之后随煤炭和高铁流动

你选择什么工具或者种子

由眼界的收藏组合

汗和风在对话

耳鼻喷血像飘零的叶

你可以选择另一把斧头

躬下身来对待草

留在视线之内的动物很少

当灵石口的合龙像精制的包装盒

钱财随关老爷流向伸手不及

你可以在你的原形上厚德

把载物留给随缘

留给造化

人要修补自己

这些产小米的谷地

仅仅被闪电照耀了一下

没有雷声　云之上

肯定不站着扛枪布雨的人

而入土的谷种等待雨露扶贫

当一切的一切

渴望智慧和钱财以及运气时

高高的太阳

只送来光能合成的线型启示

叶长在什么地方

是自己对接市场的事

靠天吃饭哈

天失灵　人要修补自己

把绿植入佛心

放羊的大爷

发了个受崖根启示的表情

汇合鸟语　告诉扶贫的人

沉默的大山

有一千个理由摆渡人

而羊群中走出来的君子

摸了摸沉睡的青铜

一千零一次和城里的富人干杯

是不是人渣暂时不问

我们　我们在退耕还林

把绿植入佛心

你们　你们可以来旅行

庄头扶贫

庄头扶贫

爬坡大度山的路上

我在追赶一群

吃小米背步枪

放自己的血

染红山顶上白云的人

他们大度着向我说

我们植树你可以乘凉

路要追得腾细浪走泥丸一样

我深吸一口气

把高人一头放下

我浅呼一口气

把低人一等也放下

轻松赶了几步

睁开眼之后

睁开眼之后
沿着分水岭的走向抗争命运

汗水在绿叶里好了伤疤
水杯空空才放满阳光
漫山的事物随落日坍塌
山人选择有用和无用
钱像一只看不见的手
操弄快乐或者谋生
锄头呀机械的锄头
既然土壤难以变更成分
就该预测风向调整希望
尽管算命先生走不出八卦
如果蚂蚁让苍茫大地显示灵气
肯定有人寻找另一颗过年节的心

让钱在枣儿的芽口获得尊重

黄河魂和枣树根争论

江山和奸忠　生活和爱情

鱼和熊掌的儒欲

被胃口张开的霸欲控制

施惠和受惠

都能产生壮志凌云

而脚下的路需要不断换乘

感恩和恨意在饺子里和解

如果射出去的箭

注定会迷失方向

恳请蝴蝶的翅膀

扇动黎明对接酒盅

是时候了

让钱在枣儿的芽口获得尊重

写在黄河滩枣叶上的诗

比较来说

我倾向把诗的每一个字

写在黄河滩的枣叶上

我知道　这些字

比米粒小比细沙大

我也知道　这些字

比步枪含铁少比枣汁含钙高

我还知道　我写的诗

比风吹就动的枣叶轻得多

而实现钙铁丰富的一生不难

像落在黄河水里的枣叶

在壶口瀑布唱黄河大合唱

再漂流到海　很难

在春风

在春风　杨柳的枯枝

长出了新的绿芽⊖

树确是忘记过去而没有背叛⊖

该是去年的秋风扫落叶⊖

以及冬天以及天寒⊖

让树们成熟一回吧⊖

而绿芽一开口就吐语⊖

我爱你春天⊖

春天的爱和爱情⊖

是灵魂上树身吗⊖

四季的车轮又在树身滚滚⊖

当上身一生的灵魂加持生命⊖

飞天的鸟们懂吗

枣左枣右的扶贫身影

风的横力让枣叶晃动

枣树直立　只吸收开心

传送给黄河滩的土地

大山把所有的人都隐去

化作岩层中富煤铝的运动

眼前的那片叶　懂得

让太阳光直抵全身心

高于动物们的消化

智者们的脑筋

联合的枣叶浓于黄河两岸

证明枣绿比任何势力

知道的黄河更深更长更雄

枣左枣右的扶贫身影

融入低吟浅唱的黄河大合唱

被红心包装

南坡北岇东沟西梁的红枣
没有结出我的希望
一日三枣长生不老是神话
只是提醒我想到
她是结给秋天
就像我
一生都在生硬的地方成熟
不约而止的爱
让我忘记悲哀
算我走运
当所有的汗水变重并上墙
我遇见的红枣
只是被红心包装

哦，碛口

碛口是吕梁山伸向黄河的脚趾头

千万年来唱着向母亲暖脚的歌

碛口的疼痛连着脊骨山的经

碛口记着用红枣为黄河补血的人

在碛口　听到临县道情里

有采茶调和草原风

才觉得走西口的起点不是家门口

才想起新娘的泪流成三川河和文峪河是真的

才相信汾酒为码头上启航的船壮胆是实情

碛口的记忆没有停在骆驼背上

西湾古堡和平遥城的青砖一模一样

包括看不见的银两

当手机拍照和电子导航汽车在这里天人合一时

哦　碛口

你长出来的每片绿叶都是晋商

都有黄河黄土黄皮肤的黄金含量

牛 与 草

牛的哞叫声穿越含雨云层

碰上准备与草弹琴的光

说　人不食不入药的草

他和我有天地间浓密的想法

当锄头的那块铁

决定草生死时

光要弹琴的希望破灭了

而草有七天后又是条好汉的说法

牛不相信

雨下个不停

传递锄草力的木柄辩证

人梦得离谱

吕姓族人的村庄

碰巧

核桃口和红枣口

合成吕姓族人并展开村庄

在苦涩与快乐之间选择酒

核桃和红枣都是压酒菜

而酒很像情感的圈套

把人心的善良拴得太紧

前一杯反抗过去

后一杯成就不了未来

酒在逃避称他为粮食

酒目睹生命重压下的变形

当酒扶出发财的梦想

平凡成了吕姓村庄的渴望

再来一杯酒

消耗一些活命的活力

不需要付出活着的平静

当良心需要购买

电气炉的火源在远程

燃烧的激动

被橡胶耐火材料掩饰起来

看不见冒烟的良心

不等于　鸟儿求偶的啼声

被控制得不能在

大自然的舞台上显露

各家各户煮熟的饭香

碎裂成张王李赵的描述

如果不是吸收阳光的吃食

哦　白开水泡的茶也行

电气炉的开关不要启动

当良心需要购买

或者用砍菜的力气交换

热情冒不冒烟都程序化了

就想了解村里的历史

在村里扶贫待久了

就想了解村里的历史

发软的双腿使人疲惫

更让人怀疑

自己停止了扶贫成长

谷穗的瞌睡

高粱的跌倒

黄豆蹦出肥一句瘦一句的话

辣椒的嘴尖

一个心眼亲吻土地

他们为什么都说

沾光的词儿还没有煮熟心脏

其实　玉米的站姿

最让人眼亮

他腰杆直起来的标准

多像老红军开始的军人

像毛巾裹在头上
多像大叔一代的老人
蓬勃得有了钱的冲动
多像城里恋村的乡亲
而我的待着
顺从风筝的王法
在不是远亲近邻中
寻找感情

不能目空大山

不说羊群中的君子

最普通的肉货　也知道

自己和同伴不能目空大山

不能带着热铁轮

在草上面盘旋

不能拔根　不能做水土流失的伪君子

羊知道　自己并没给大山增福添寿

每天用嘴寻求真理

盼着如云美女来肠道旅行

更多是为了自己活命

含泪做了许多蠢事

让恩养自己的草断子绝孙

不是心甘情愿哈

告诉你们

鞭子的雷声　牧羊人

狼眼数羊毛看钱发绿的心

融入他们的冰冻三尺之中

苦难躲进皱纹里的脸

牙齿为坠入深渊的福发笑

我吃少言寡语的苹果

一场秋雨驱一层虚形的声望

一阵秋风留一类秋果的真情

人们相信

我也相信

一定能邀来含金的雪

让大雪做统一成白色的总结

顺理成章

顺情成梦

我在没有举酒的仪式中

融入他们的冰冻三尺之中

也是噪声

对于被扶持的叶子来说

秋风扫来才醒悟明白

土壤前现下的宁静

阳光现下伴随一生的噪声

只是蜂蝶不曾记忆的图景

一种无根的修心

肯定要伴随接下来飘零的岁月

风让长出腿和翅膀

当与生俱来的善良

在任何时间点停靠

都不会有休闲舒适的港湾时

尘埃化坐地化的初心

归于土壤的宁静

而制造矛盾的阳光

不会说出一叶一如来也是噪声

拽着大雁移民

寄生在　走向深黄叶子

里的虫子　太想听

主人和大雁的语音聊天

热情偏向南半球的太阳

拽着大雁移民

主人也可花钱买绿卡

根一直告诉主人

做常回家看看的人

如果主人的房子算是家

根的土地算籍贯吗

肯定要随主人飘零

家是移动的帐篷吗

也许随主人

进入牛羊的嘴里

算得上游牧特点吗

绝对在主人聊天之外

类似于主人进城吗

会当作垃圾人吗

如果作为人渣死亡

有些许爱的眼泪吗

主人的聊天

与自己是什么因果呢

空　空　空

相　信

水　自来水管流出的
浇到西红柿的瞬间
回头望了一眼我
和塑料交情深厚
和西红柿难舍难分
我回到办公室还在发愣
冲茶的水
也回头望了我一眼
说　她相信土地
我相信桌子代表的权利

我相信上善若水
走进豆腐人哄人鬼捣鬼

在大度山随想

大度山　一边显示谜一样的沉默
一边开启神秘裂缝
邀请庄头的孩子来到家的窑洞
开始白纸样的一生

长久地和大度山眉来眼去
山就成了不可移动的信物
城市的引诱穿越斑马线
他们远看一眼
被水泥棱角藏在深处精心设计的富贵假山
而大自然折叠出来的大度
江河俯首帖耳
从来没有被谁垄断

美丽乡村的出生
需要打工

送我来到黄河滩的秋天

送我来到黄河滩的秋天
这里的大红枣连接星光

枣叶的刚毅
和其他相生相克的绿色
都奔着收获　长到了今天
充满落叶和选择的高原呵
塑料袋空空实实的语言
把这里伤得不轻
当那些话
被风助力比钱贬值快一万倍
人习惯了在九千九百九十九站位
而我的努力
不能把人们活着的开心
从俭朴生活的境遇
抽离出来

让黄河收汗

行走在黄土高坡包围的村庄

看上坡下坡人成了习惯

当上坡的神情和下坡的轻松被风雕刻

天空中翻滚着

折磨力气和梦想的云与影

从天窗传来的声音

一次又一次说贫困不是绝境

当贫困拒绝成为点缀

他们一张张很不相同

又与黄土高坡内在一致的脸

显示大把金钱买不到的高贵

而且只妥协给黄河

什么也不说

让黄河收汗

尽管黄河不缺这一滴

是欲望哈

是欲望
从核桃里走出来
成就秋天的收获
吃它的枣而营养
兄弟俩被一个姓氏统一

核桃壳和枣核的命
兄弟们把无用的亲朋
推给大风
并驯化他们如何做人
此刻　包容站在村里
有的如窑触摸山根
有的如骨思考灵魂

随鲜枣让他带去

城里住惯的他走了

除了虚话

留下人多车多楼高的话题

还有　他家的孩子

世面见得多的显摆

为了再回我家喝酒

一根一根抽出他的好烟

我无法判断

硬币的两面哪面偏我

我是相信

大学的图书馆

偏向喜书的儿女

儿时的回忆拉开笑声的距离

他奔波得太累

真没放弃长粗枣树的大气

我喜欢把自己的开心
随鲜枣让他带去

我坐在落叶上的随缘
与他顶着高速收费站
握手　有温

碰杯有声

碰杯有声

村里的农人

不习惯波长波短地争论

深一口浅一口地喝酒

深一脚浅一脚地走路

倒是成为太多人回归生活的源头

包括诗人作家们

体验生活的费劲

而酒的度数成就的平台

又是让太多的人手舞

手舞中有太多想象的音符

当酒精在体内极限发挥

度量大被肯定

醉成死人被否定

只是阳光稀缺了阴暗久的生存豪情万丈

当善良流亡到水泥

听绿叶说话得到善良

静听鸟语和花香对话

心生善良

当善良流亡到水泥

多起来的水泥

把绿叶和善良隔离

落地的枣叶

落地的枣叶
没有和出土的山药蛋擦肩
余光的回顾和中断的地气
不火热也不激情
阴错阳差很有缘分
秋高气爽望断飞雁
蚂蚁才听到点交谈

他们分别时扫了二维码
落叶在牛肚修行时
相约超市里的山药蛋
在某个饭桌宣布爱情
他们在某人口中天人合一
因果不空

穷孩子回家

深秋
枯黄的玉米秆叶纠结
不能追随
被黄金白银染色的
兄弟姐妹值钱
也不能被纸币包装
更不想被雪花总结
风越摇摆纠结越深
冰霜的酒喝得沉重
理想的结果
进入牛羊的肚里
最不愿意被火烧光
哦　大地这位母亲真好
还让她的穷孩子
回家

虚心有节的谷子

说话说理　吃饭吃米

是步枪的子弹让说话的理旋转

是农人的双手让吃饭的米香甜

风顺着山梁在晋绥山地猛吹

虚心有节的谷子

旗帜般展示安分守己

新叶一片一片长出来

苗架一节一节窜上去

远离竹子的权势

不慌不忙守着黄河

像喝了狼血的谷穗

从来不朝一个方向低头

寒露季节

没上过几天学的谷子

贵族似的君子站了一地

哲学沉思

已经不是考虑的问题

在农家吃饭

很安静

有暗泉涌动

那些酒没有遇上

送来钱的人的激情

莜面鱼鱼下到胃口

像船撑向宰相肚里

而鱼鱼像跳出水面

追问宰相和人民的距离

鱼鱼在空气中游得欢快

死和生如何循环

已经不是考虑的问题

落叶，另类感觉

离开枝杈的一瞬
落叶先问树母
再问苍天
我的未来是死亡还是新生
风以神算神助的威力
让落叶偏移自设轨道

落叶对接上土地
地热和地湿
给他安装上两腿
落叶开始了人模人样的生活
飘零的苦难
只是搬迁移民的另类感觉

肯定不是文创

用钱的购买力规矩地生活

一会儿柔软得像白云悬天

一会儿坚硬得像黄土架地

我不相信

两者风马牛难以相连

我和村民们相信

为了多上一点钱

让工业废品浮来村庄

肯定不是文创

如果仅仅是手头缺钱

生活不好改变

我们最少能生出一半高兴

幸亏人人都不缺良知

当绿水青山美得一言不发

男男女女都忘了扫码打钱

坟头，来年吐新叶的柳成道

坟头柳叶落地飘零

沿着秋冬走

接上接不上春夏

肯定不是个问题

当有业号叫出来的声音

汇合风

自爱在摇摇摆摆中修行

而障力总是与业力对等

啊　业障来得凶猛

想把土中潜藏的骨头

作为文化对接阳光

多么需要天真的加持哈

坟和村庄的什么可以平行

当一把火烧掉

纸糊的电动汽车

来年吐新叶的柳成道

希望的明天

被钱打得晕头转向

想钱多的欲望

希望鸟把树梢拔高

而你必须接受

阳光土地给你多少的现实

吃上多少亏

也得认可

这就是你灵魂歇脚的地方

风和雨

像绝妙搭配的男女

告诉你　钱之外

还有开心的路可寻

而你肯定能看到

一只看不见的手

把钱弹得随音乐舞蹈

不　钱存银行
是不够　不是剩余
当钱牢牢控制你的体力
你的价值是明天
希望的明天

从谷节到竹节修行

风把谷穗摆动得厉害

我的梦像米粒被惊醒了一点点

相信

一个不会有结局的结束

不会是一个会有结局的开始

镰刀像神力显威

我这个俗人

还没有学会

从俗事中问天学地

和人间建筑平行

门和弯都有规定

和人种谷物平行

俗得不纯

和谷子站在一起姻亲

开始作为俗人回向

从谷节到竹节修行

秋尾冬初

秋尾冬初

南归的雁告别

太阳煮成半生不熟的生活

放盐的风

不是多就是少调味

窑顶上的草

用他最后的水分

和云朵这些阔佬阔少

比对窑主的忠孝

而带土香的胡萝卜

才是被称为脱贫人

无障道因缘的福德

草芽长出人性

人性　坐地日行八万里　　旋转

人性　伴时间走向终结　　旋转

人性　阳光助力绿叶长出　　旋转

人性　草食动物循环日子　　旋转

人性　没有排练就当了演员　　旋转

人性　刚学会写字就当衣服　　旋转

人性　权力和钱力龙卷成风　　旋转

来年的阳春三月不修改梦想

草芽中长出人性

旋转在冷热之间

谷子收割了

谷子收割了
我喜欢踏雪站在谷地
被风吹上整天
我的心思和奇怪的诗句
被农人的手经纬起来交谈
我知道　城市和乡村
到处都有想吃小米的人
而谷节像步枪
站在牛肚里牛气
不让自己灵魂之外的
任何黑恶势力歪曲
谷节在黄土高原活着
与画家笔下的竹节比较

枣叶沉浮的行相

枣叶沉浮的行相
需要阳光的逗留陪伴
一生都在追问
什么是烦恼
季节更换烦恼的内容
追问的角度更多

亲吻大地的枣叶
固执地让土壤回答
当大雪逼迫他
走向大地的心脏时
早先入土的虫们
以丰富的经历说
等你找到了
烦恼提前出局了

鸟语对接窑话

窑前
寻找希望的鸟儿
身披弯曲的阳光
蹦蹦跳跳
一颗米粒比大片的天空实在
枣儿的隐忍半懂不懂
核桃的坚韧半通不通

窑里传出咳嗽的一声
我的心像鸟骨被震
像大度山一样无忧
没有走进扶贫的窑洞
像山泉水一样多情
很难抓住扶贫的中心
鸟语对接窑话
我需要学串炕火的本领

他们出尽力气发财

他们出尽力气发财
我绷紧脸做梦

招来盛开的雪花
引不到采蜜的蜂

越来越陌生起来的人
在另一些陌生的手上热情

顺山坡刮来的风
扭曲窑洞标榜的做人

别求老去的时间加持来钱
当英雄回头　　厚德说出究竟

在对风闹弄的习惯中

在对风闹弄的习惯中
我要参与泥土的造型
像松柏公开于太阳
像牛羊透明于大地
像左右手温暖城乡
我要用花叶见真
我要用鸟语发声
远离狼口的权势
期盼羊头的扶持
随顺泥土力行足了

鼠代表十二生肖拜访

吃饭了没有问候声中

碗的厚道无语

像手机的河床

连接无字墓碑

有了筷子的阴阳配合

摔成一地绿叶碑文

再精明的算计也土睡了

活着比人好些的愿望

在某个角落敲打着键盘

当山坡死去

显示水深的平面

寺庙里的神

意外接收

鼠代表十二生肖拜访

花　粉

喊叫苦日子怎过

被知足常乐

拉了一把的脸上

她表达出群山富含万花

多有点钱像裸体的欲望

把山桃山杏　以及

不知名的开花树

都标号了

这样那样的花粉

得了财神爷的指令

伸出佛手来

她是勤劳的蜂

被囚禁于满怀希望

日子从春到秋

天天掏空她的力气

她睡上一觉

养养疲倦了的身体

天亮　照样受绿叶鼓励
表现着顶天立地
只是雪花没有花粉
她的有钱梦随蜂冬眠

我的体温暖和了他的窑洞

冬天冰冻了

我手里水湿的枣叶

我们在扶贫中有了感情

只是我的体温

暖和不了他的窑洞

我很想从核桃

破碎出他的希望

并引导他识别路标

而我返回核桃成仁

远方有钱金光闪闪

看不见的财路

结冰的河能踩上走

缘分让我们牵手

替太阳在坡上写诗

这个85岁身子骨硬朗的脱贫老人

8岁给地主放羊

15岁有了童心重心沉重的土地

70岁改变了给国家交粮纳税天经地义的道理

神仙的年龄活开之后依旧在土地上寻找自己活着的宝

这个喜欢戴帽子领低保金的老人

年年用谷子的语言替太阳在坡上写诗

他说庄稼人必须有谷节的骨气

他吸着用羊腿自制的水旱烟

祖辈们传授而有胡须开心的新意

这个一开口就说国家有恩的老人

把在梁梁峁峁寻找墓地作为喜事

阎王爷一天不请一天就行走在苍茫黄土地

这个85岁爱吃羊杂碎有光伏收益的老人

姓吕　吕洞宾的吕

大度山的深处只有我

大度山的深处只有我

沿松顶的雪近了天空

山里让我有了大自然的尺度

所有的野生争着

要我说出他们的心声

当被扶贫的群山把我找来

用金银填我的大脑

使命催我写出现下的诗句

觉得自己的魂灵反被加持

啊　但愿我在这里失去记忆

把谷节当骨节

我再次转身

看见的还是

顶着谷穗过日子的女人

她们习惯了把谷节当骨节

我知道

她们的体香能散发出米香

而这被谷壳包得很紧

而这不再赤裸的黄土地给风

而这需要生米变成熟饭的加工

而这需要配上步枪一样的男人

小米金贵的笑脸

正在城市的超市涨价

有关她爽口的味道

在水泥立起的空间

被青春惦记

那滴下坠的羊泪

那滴下坠的羊泪

沿着人设的迷津

含土加快速度

凝想从虚无开始

到虚无结束地走来

一万个侧面

十万层色彩

从来用不着把话说完

激起一些不合人意的期待给风

等到完全放弃期待也给风

钱少的人被网红挤到墙角

钱少的人被网红挤到墙角

照顾星辰又要用心传承

拼流量的山泉

爬上台阶才能转弯

说出难舍难分

真的需要添些勇气

知道做梦都在希望钱多

身上的力气不追求自由

只求晨光开启一条出路

也许钱多的人购买不来平静

大雪覆盖

大雪覆盖

谷子包围的孤独墓地

一杯祭酒抛下

与孤寂签订

谷节般体面的协议

在亡魂和生活彻底和解中

另一杯酒高高举起

追问五脏六腑

而孩子的第一声哭泣告诉世人

生命在满是敌意里活动

变形的敌意

体面着迎接愚慧的掌声

作为谷种

作为谷种

离开大山深处的寒窑

进入缺少水分的土地

远了电机电脑塑料壳的自信

注目给天空贴金的鸟群

再而三发问

自认为消失了业障的谷节

虚荣是被风吹走

还是被宽仁的土壤收留

都有一个结疤的伤口

被两山夹在沟里的公路

像撕裂贫穷的巨手

汽车的灯光

就是带着难闻的尾气

肯定也是钱堆的天使

德国牌的车像移动的关帝庙

赚钱的本事

把仁义的大刀舞得熟练

无情地离开村庄

有情者常回家看看

保持着微信信号

不好穿越的距离

激情和冷漠

转动我坡上坡下

我相信　每一个乡愁

都有一个结疤的伤口

时间傻傻地走出八卦

庚子年

千年老槐的切片

标了一页扶贫

槐叶厚德的努力

不顾埋藏自己的黄土

与煤层对接而载物

一路像水弯弯曲曲吗

作为食物链对羊的囚禁

想告诉人什么呢

海　　像船的槐叶海上漂行

羊扑进晚霞

捡海水中的落日

图谋着办好大学

箭在揭穿阴阳脸的凭借

时间傻傻地走出八卦

扶钱的浮力

那些扶钱的浮力
让高高的云显眼
而云上无钱

抛下无轻无重的雨点
在伸头的草尖
风在吹散无条件注册的钱庄

展开手掌可以随心
而浮力的水底另有地面
脚的悬空
规划手上钱的随缘

贫穷试图触摸天空的胡须

贫穷

试图触摸天空的胡须

一朵雪花像飘须

问另一朵

为什么招不来蜜蜂

月亮之上的富人座船

岛屿的情人　含盐的海水

海岸线划分爬行和游泳

一张纸包上村庄

被火烧出天堂的阴影

生命只是存在

也能多心过问

煤的灰烬释放完碳元素

只说现下开心

不会是完全的干涸

再多的自来水管道供水 ⊖

你额头也严重缺水 ⊖

而我吻你的水分 ⊖

什么也不是 ⊖

包括大江大河 ⊖

你更喜欢雪花飞到唇上 ⊖

唤醒体内的热血 ⊖

我笨笨地在含氧层的下面找灵感 ⊖

而你的额头不是沙漠的边缘 ⊖

我像叶片里的水分 ⊖

吻你的湿润 ⊖

没有言语

他们的脸色

他们的脸色
和黄土高原的黄一模一样
他们通过谷子从黄土中捞出阳光
他们在太阳落山
考虑调整厚德与钱多钱少的方向

我来到他们中间
我们的相处　没有
必须解决的问题

我追问自己　知道
黄土露出柔软的心脏
我不能放弃追问
直到自己变得和黄土毫无差别
而我又不能选择被黄土埋葬

谷节与谷节之间的裂缝

光理解贫困这个词儿

就注定　比选择富贵

更容易被世俗轻视

谷子不收年年种是对的

而我们　逆

水往低处流的说法

只能靠　不靠谱的

水的蒸发力爬坡

在德的无影无形中厚薄

光是判断那根谷草

不是循着想象让谷节使劲

就觉得在混弄中随命是对的

其实　谷节与谷节之间的裂缝

需要现代的架桥机械完成

而双手的力气

被长成米粒的力控制

心存自己发财

心存自己发财

把别人倒霉的事

让风去做

在酒香中　走向

有底线牛气的新年

为善良的土地添些雪

让温暖所有的努力缓口气

当厚德的双脚

难以走上过河的船时

请来牛的蹄子

把河里水下的石头

训练得说上桥语

桥上走的放牛娃

在混日子

牛中走出来的君子

在弄事情

那些草木不戴面具

老师不再收作业本之后

评作业的深浅

有了浮力和海拔

那些草木不戴面具

说着人需体悟的话

那些动物沿自己的曲线

奔走后的影子

点化了一下活着

自作业自受

把贫贱富贵威武

统统归零

一条躯体入土

交上盖棺的作业

一个夜半窑里醒着的女人

一个夜半窑里醒着的女人

从鼠年年头开始

穿越电视机　穿越春晚

在现下

和窑里老鼠的游魂同频

而窑外牛嚼草的声音

像是在城打工丈夫传来的

没多少牛年到来的牛气

很有只能坚持下去的底气

她心静得像月　像孩子熟睡的甜笑

她习惯了按开灯开关

告诉天下　被钱

引着背井离乡的男人

最温暖的夜晚　不是使劲儿和灰或者搬砖

而是一个来电的灯泡　一个女人的牵挂

水磨川的水太小了

水磨川的水太小了
水推磨碾米碾面成了空想
你去
请带上呼风唤雨的胸怀

我也不会忘记扶贫的这里
时刻想一人不如二意添些本事
始终信长高长粗的松林财富着

我不带呼风的道具
唤雨的鼓儿
只想和你编水推磨的电影故事
让入云的松多米多面多氧

干净的分层

干净的分层

从云端到岩层

与天堂和地狱无关

水的流动

让干净不再清净

火山喷发的金属

多多少少影响干净的成分

当草根和权杖

一会儿和解

一会儿争斗时

干净清净的平静

从海底和山峦

起伏不平

人在懂事而后爬行

哦　不能忘记风

落向地的雨无视我的背影

常见光遇玻璃减排热情
而云躲在天边满足纯洁心

断见草代雷声私语大地
而跑来跑去的动物放弃追寻

我　我在和自己纠缠最为可靠
而你的不确定写在书上让我读

我所见不一定真　可能谈不上公
而钱购买的风绝对是力

我见自己像死者被囚屋顶
而落向地的雨无视我的背影

深埋的乡愁之根

漂泊在土壤里的种子
把自己的使命
从拯救乡愁的希望开始

头伸出地面　一定先看
梦中模糊的老街口
知道钢筋水泥
从城市加粗乡愁
也知道德国牌的汽车
经常扫码和抖音乡愁
只是固执地坚信
土壤里有说话的李张王人骨
让人感动而深埋的乡愁之根

雪把心掏出来让人看

雪把心掏出来让人看
而猫们留下脚印
断层在窑前的温顺

我用最冷说出人情
在回春的飞机跑道上
踩足油门
选择另一朵雪花
降落窑心

相信死者的无影无踪
只说给猫听

腊八过了

腊八过了

在村子里当农民 97 年的他

数了数四合院的空房

有人入土有人进城

他说　和院里的老槐站立

和地里的麦子玉米站立

有德　他习惯了仰望天空看星星

一颗星星是母亲

一颗星星是老伴

一颗星星是女儿

他想　三颗有性别的星

支撑他积德稳定

他告诉来家串门的人

风一吹就跑的水泥面具

不能比人的德行

晨光升起

晨光升起

他们告别睡眠

时间又来解剖生命

他们下地劳动得来粮食

加持身体完整

而他们的心

一会儿翻山越岭

一会儿躲在书中

一会儿抽根烟

一会儿喝口酒

一会儿假装天国串个门

远离熟悉的人群

当他们的发汗也需要添加思考

心则被会说话的草牵走

回家看看吧

对风发笑

把自己的谷节挺直

那些希望我们日子好起来的人
没有必要把身上的钱掏干
来满足我们见钱眼开的欲望
我们应该像山坡上的谷子
接受上天雨多雨少的奖赏
把自己的谷节挺直
面对太阳而迎风抖起祖德
并因黄土地营养
感恩含铁含钙

扶　贫

扶贫

像雨也像雪天降大地

当大善驱使我们给缺水的麦

扶贫

灯光

黑夜里比太阳光珍稀的少数

当我们举着钱因沉重而弯腰

把他对接一双渴望的眼睛

扶贫

除夕的许愿难以求来

而在乡亲的年味中浓烈

当我们被春风推向窑洞

破门而出的酒迎接客人

两只互相取暖的手紧握

冰雪寒冷的冬不会留人
我们像蓄足劲儿返青的麦
识别那只羊的嘴唇

吐出君子之声
在乡村

他扶了扶窑门

他扶了扶窑门

迎接我访家

他动作熟练得如一力春风

这门像是寒与暖的断层

瞬间让他化解得阳光无缝

我也摸了摸窑门

扶贫被扶贫

相差一人深的垂直

被我俩说话间变成平行

肉身的高尚卑劣也许混杂不清

人心隔肚皮之外的衣裳

包裹仁爱和小九九鬼影

他希望他儿子像我　成为一个读书人

而我更想顺着他们的脚印

读黄土高坡读大山

我已进入难懂天书之门

两块大石头组成的山门

两块大石头组成的山门
对来山取经的人敞开着
那些带血的脚印
不会上锁　可以结冰
可以加上你温暖的温度
而把渣男渣女的冰碴消融
只要你也有着血性
我们看见了红血和红血相连
通过牛羊的口
通过漫山绿色

谷　粒

被农人的手种到黄土地里的谷粒

开始了个人神化

对农人来说

小米粥的位置确定了

对野草来说

命运里多了异力竞争者

谷粒也开始了

只能顺遂的自我故事

阳光的照耀

一碗水端得很平

而个子高的谷子

需要更费劲顶风冒雨

向城市张望的谷子

在做梦做品牌

向乡村审视的谷子

在成粥成兴旺之舟

碎片的绿叶

碎片的绿叶　唤醒我们沉睡的眼睛

而我们盯着更为实用的果实

当牛羊的口　把一些绿叶总结

我们无法把自己的钟罩打破

像绿叶打破地面打破自己

飞出肉囊的魂灵

打破了吗

如果屈从于水泥呢

当无解的因果循环

不空的是农人习惯了起床

用他的锄头造出些微更碎的绿叶

把乡村的果实

连同牛羊　连同自己

运送到城里

任凭绿叶繁花

比种田人多十倍的诸神

比种田人多十倍的诸神

今天完全退位之后

口中的满意让太阳神全权代表画圈

除夕这一天的回春

种田人因没有诸神的拥挤　而轻松而酒盅

当田野死亡后的笑　再也无力出声

种田的希望又在种田人心中萌生

诸神啊

可以随春芽回来

而后在庄稼地里穿行

可以乘家的文创机械制造

去旅游景点去超市

你看

高高挂起了大红灯笼

过　年

有幸守着一亩三分地过年
分成 365 份的福
老天公平着只给一份
于是有了追求
有了诗和远方
当别人抵达我们这里
需要太多地穿越钢筋水泥
太多地换乘和用钱购买
纠缠的大合唱有序展开哈
而获得其余 364 份幸福
更需要辛苦心不苦
当我们扶贫了自己
有余力扶持别人
儒雅地耕田牛犁
拒绝了资本的剩余价值

一 想 你

一想你
就有月光升起
我固执地认为
你是嫦娥变成的女子
我沿着磁引的本能追你
一如那个想不到水塘的兔子
当想爱就爱被微信登录限制
心底的蜜语让风抛来
多么想听见世界的呓语

不能说再见的正月

我们被蝙蝠的翅膀驱赶

宅在家里漂流了很远

自己制造的冰凉水泥

成了吓唬自己的小把戏儿

黎明在夜与昼相接的时候

创造阴阳转换的完美

普天同庆失声的正月　变成结冰的水

升天的爆竹返回地面

必须太多的落空才能长出记性

在追求吃饭的新鲜感中

无视人类聪明的病毒

以接近天意的方式表达公理

而我们念念不忘的权势

在没有寒暄仪式中退到脚底

人心与人心减少碰撞的街上

少了酒气

春光中的麦根

春光运动的热度

天天高涨

麦根摸摸脑门

还能返青

春光的正义

想要麦地爆棚

而土地理解的正义

是一点一滴的光合作用

麦叶不会发热到羊肉注水

哦　那么正义的春光

藏着渴望粮食

秘而不宣的算计

雨水和泪水

一细想雨水到来的季节

就想到毫不相干的泪水

麦根吃不准劝我

哭出声来　还是不

听惯了笑语的春天

和出青的植物抱得很紧

只是我不想让绿起来的大地

借我的诗表露心声

我的泪很贵

不是天空招手而来的雨水

我只想哭在自己的心里

让泪水和季节无关

不打扰亲朋

更无微信语音

也说晋商

俗人俗事牵着银两摇晃

心里装的关老爷财神

坐在驼峰上

连接家乡和远方

不轻易被人捕捉的尊严

脚步把背后受罪告诉东头进西头出的村庄

汗水在被岁月收走之前放大着辛酸

活着的体面

应该是祖上有德自己努力地混合

有谁知道

一枚现洋一面冷一面热

尸骨总是有路通向墓穴

而第一声哭泣的生命

在人肉中找到来路

很难　　很难

行　走

掌心上的土地

百草生根

动物们的欲望猛涨

睁眼的瞎子行走

不看颜色也不看脸色

在没有学会穿衣的街头

突然有声

人发的和人造的

手指的伸曲

制造谁人走出的多长

节奏绑在脚上

佛的指令

从心庙发出

我想的醒悟

也许醒悟的时刻不会来临
我随波逐流过着每一天
只是衣食住行的俗事
不想连累亲朋
我没有多大的本事
在他人沾不上光
自然远离的现实里
我不想被人记起
哪怕悄然死去
想想来世时
哭声是自己发出的
心疼和高兴的唯有母亲
而她已死去　升腾的报恩
行走在无家可归的路上
我是从片片绿叶的裸心
感受羊吃草的缘分

感　言

银两要大力生威
想到的
只是妥帖语言
在不能再细的丝线上
口碑很沉
这重量压着不能购买的感受
如果表情早已说出沉默有罪
万能的金钱
万万不能挡住
微信上聊上几句
这瞬间发生的事情
像黄河一样古老

山　上

他用祖传的脚

走在山上

只是丢掉奶奶的奶奶

做鞋的手艺

自东向西流向黄河的水线之上

微信语音架起过沟的桥

山梁上

扶贫的核桃树和野生的枣树

只有姓氏不同

没有富贵之别

而大山压弯了的驼背

站立的骨头

保持 90 度

穿越煤层

从奥陶纪灰岩的缝中

吸收水分

他坐在山上的石头上
吃阳光吸纸烟

周围枯了又绿的生命
最喜欢听陕北味儿的歌声
财神爷在头顶上高悬
与有没造云的本领无关
干渴的心和干渴的黄土
保持一致　雨啊雨
汗珠子　怎么又再
重复难以驯化的故事

黄河窑前窑后的枣树

黄河窑前窑后的枣树

触发人样的思考

人的建筑也算是枣的隔离

砖头石头的堆集

里面的电视电脑手机

对枣树　算是骚扰

枣根在窑底穿越

其实　人的扩张很是有限

包括城市

那些庙宇宫殿的自豪

比枣叶轻多了

不过是文字的自说

枣树没有攀比窑的意思

在黄河南下的东西两岸

不卑下　不优越

腰杆直直地站着

大山孤客

见到大山的你们　一辈子的短暂

和我的新鲜和你们的熟悉

我是鸟嘴里掉下来的粮

一粒种子　一种与未来的相关

羊眼里的君子

是不披人皮的谷草

而我只吸收了残雪的水分

无法和老槐比大地的根深

太阳在大山上变得更加有人情味儿

鼓起血管里的热

和山脉里的矿气对接

而我的理想从头顶爬上山顶

流　量

我和我在秋天的悲伤

产生在玉米粒和玉米叶分开的时候⊖

玉米粒像钱势　被太多的人赞美⊖

找出优点　找到阴影之上的阳光⊖

而我像玉米叶　悲伤在羊嘴里⊖

风在我的善良中

找出一二三个毛病⊖

我知道⊖

玉米粒和玉米叶

有了两人深的落差

人间呵⊖我在秋天里的悲伤

不反抗羊蹄的力量⊖

踩进越来越冻的土里⊖

不是种子⊖

只想作为碳⊖

被来年的绿水化在另一株玉米里

南　湖

春芽一露出黄土地
就说带南湖水汽
带红船木质的汉语
延续了百年的习惯　又给
冷冻没有全退的早春惊喜
我们能顺势说出什么
我们能听见船上人
震动春芽心跳的豪言
我们能看见春芽上船
头也不回

在翟岗

火车来到开封

觉得离宋朝很近

从清明上河图里走出来

迎面的中原春

夹着西班牙的斗牛风

没有约上乡亲狄青结伴而行

他忙得不回微信

在去通往翟岗的路上

看见绿绿的麦田里

站着

唐诗宋词元曲明清小说

冲出来的人物

和老家河南的农民和农民工

抬天空这座大桥

翟岗不过是四十八抬大轿

大岗中的岗一岗

众人抬的江山稳稳的呵

心想翟岗一定有一个高度

延续挥公

张家人射出的箭

对接阳光形成直线

够了吧

而黄河像又一支天箭

箭与箭交叉了三个点

开封　通许　翟岗

翟岗的麦地

我来到翟岗

诗在出穗的麦地

和我站立的是粪与坟

粪在助力麦穗的诗言

一天天一点点把话说满

而我在坟的高度上下移动

当坟中走出来的人

像麦穗　多得数不清

他们没有把我看成粪

真想从他们手中得到一把铁锹

站在麦芒的顶端

接受黄河呼唤来的风吹

英雄到麦子成诗

成为人们护黄河大坝的口粮

在翟岗的麦地

我和粪与坟组成变角的三角形

在老牛湾建个毛棚

长城和黄河

在偏关老牛湾成了情人

我为什么不能建个毛棚

目测沙漠与农耕

搜寻

战马的尸骨

维护皇权的片言忠诚

今生

听长城讲父爱

听黄河说母爱

他们穿什么衣服越冬不重要

只想在毛棚里遇上你

生火　烧水　牧羊

我想起一个笑容

比上下五千年多着千年

兴县蘸豆腐

饭桌

朋友点菜

第一个又是蘸豆腐

我的文水口音距兴县 260 公里

问题是我的嘴巴和胃大喊大叫

快快投降兴县

肚子里装下晋绥的特点

我感觉到了写这首诗的难度

怎样形容比喻借势

一块块蘸豆腐像兴县的山

一座一座柔情起来

又像兴县的水

坚凝起来

也想到了兴县人蘸豆腐一样

做人的技巧

绵长的味道

明明知道胃翻上来的水
以及牙齿和舌根分泌出来的水
都不是泪
而这些都像蘸豆腐中的水
不能分离开来

蘸豆腐吃没了
这首诗还是夹生的半成品
诗意在文水兴县之间翻腾

碧　村

石头上坐着的王白两个人一定是情侣

否则如何理解枝繁叶茂的村子

当王白石三角形的稳定性

让天上来的黄河水认可时

闻到无声的人

有勇气走进汉字里

让自己的生命力透纸

包括透通人民币的纸

也要透到接上黄土地的地气

当沟沟梁梁的弓射出谷子的箭

碧村的小米里

有老八路步枪的子弹

支持的谷节一样的脊梁

走出直直的人生

像来过这里的共产党员中的大人物一样

临县南圪垛

像是得手了一组好牌

我在临县南圪垛

热愿蒸腾起来

沟沟梁梁的不平填满红色

我舍得添上自己的鲜血

一辈子赢一回其实也简单

在正确的雪地

自己是一朵雪花

在乡亲满怀希望的枣园

自己是一片枣叶

两只对温度敏感的手

从老共产党人的暖炕

对接群众英雄传导的热能

连这些诗

也被来这里学习的人

确定是一组好牌

来到武乡县兴盛垴之一

以诗人的身份来到武乡县兴盛垴
发现诗意成了我的必选题
好在兴盛这两个字的组合
被扶贫攻坚和乡村振兴增加了内容
其实老八路的故事已是几十年的话题
羊肥小米饲养黑猪民俗康养智能大棚
被大爷大娘蘸着热气念叨出来
比网上搜寻的朗诵诗接地气
哦　诗　当诗意兴盛的农家屋院
无法阻挡汽车把求学的孩子送到城里
而城里的教育可以把孩子
培养成爱党爱国爱人民的诗人
培养成热爱绿水青山金山银山的诗人
兴盛垴的兴盛脊背传人

来到武乡县兴盛垴之二

如果步枪的力量说出话来

枪口与和平的距离

需要羊们目测

羊肥助力长得圆润的小米

让开枪送出子弹的手有劲

当谷节全力延伸羊们的善良

步枪阻挡东洋人吃羊肉的动机

胃口的欲火冒着海泡

对吧

那粒牙缝中余出来的羊肥小米

用多起来的银行存款

敬天敬地敬亲人

来到武乡县兴盛垴之三

碗里煮熟的羊肥小米粥

是真的像赵匡胤下河东下胃

米香在口中与酒香和茶香比厚度

多角度回忆来路清楚的故事

羊肥和米种黏土的拥抱上了抖音

谷节显示的积极向上努力

不管不顾鸟的闲语缠满全身

当他们的感情成为黄晶晶产品

肥羊小米又好吃又好看

来到武乡县兴盛垴之四

一边从晋谷 21 号谷种的生命力开始

显示祖辈传承的脊柱一样的谷节

一边得到羊肥

和黄土地天德合一的助力

中间的选择被选择

究竟有多少种可能

让那些随缘的雨滴说因果故事

后　记

　　《我的乡村和我》就要和读者见面了。这本诗集是我作为第一书记在吕梁兴县工作期间的作品。从乡村展开的诗是诗集的特点。

　　我的乡村，首先，它是晋绥大地上我学习、工作、生活的村庄，具体来说，就是兴县瓦塘镇杨家塔村和兴县蔡家会镇庄头村；其次，它又沿着黄河向南向北延伸，跨越黄河向东向西穿越，和我所见所感的山水人文有关。诗心无处不在。

　　我的乡村，在我的诗歌活动中，兴县的杨家塔村和庄头村不过是时空的两个点，左脚踏着一个，右脚踏着一个。而脚部的线条从现下追溯远古，从农耕文明对接城市文明和工业文明。我的诗歌写作，不过是这种对接、碰撞、融合、创新的见证；我的诗歌语言，不过是潜伏在最普通的老百姓身上的黄河水上的浪花；我的诗意眼光，是现实的、历史的、跳跃的、考古的、普遍的、独特闪光的。

　　我的乡村和我的情感互动，不仅是生活在村里的人，也包括在城市和工厂经商务工的村民；不仅是兴县的诗友和读者，也包括文水的、山西的、全国的、全球的诗友和读者。每一首诗，就像是飞翔的鸟，给读者努力提供一个想象的、象征意义的、可以落脚的、情感寄寓的树枝，也许这就是我的初心。但是，我必须从广大人民群众身上吸收水分和矿物质，我必须从时代的扶贫攻坚和乡村振兴中吸收阳光雨露。感恩杨家塔村和庄头村的乡亲，感恩支持我工作和诗歌写作的兴县的领导和同仁，感谢日本华人唐小小女士从东京到杨家堡，让百姓感受到财富的温暖和善良，感谢王蒙文学院的长久支持，感谢北京诗人谯达摩、湖南诗人杨拓夫的兴县之行，感谢大连税务学院踏花归来王老师的深请朗诵，感谢山西省作协，感谢山西省乡村振兴研究会的同仁们，感谢太原市光线诗社的诗人们，感谢台湾诗人方明教授，感谢西班牙诗人张琴女士、新西兰记者毛芃女士、山西省委党校孟永华教授的长久关注。

张文广

2023 年 7 月